SUCCESSION CHRÉTIEN

OBJETS D'ART & D'AMEUBLEMENT

ANCIENS

TABLEAUX & GRAVURES

BRONZES — PENDULES

Faïences et Porcelaines, Bois sculptés, Objets variés

MEUBLES ET SIÈGES

TAPISSERIES

PARIS, LES 25, 26 ET 27 MAI 1914

CATALOGUE

DES

Objets d'Art et d'Ameublement

ANCIENS

TABLEAUX, AQUARELLES, DESSINS

Par, ou attribués à :

BIROT, LE BOURGUIGNON, BOURNIZIEN, DIETRICH, GUARDI, ISABEY, LAFOSSE, LANCRET
MIGNARD, MONNOYER, OUDRY, HUBERT ROBERT, SNYDERS, ETC.

Et des Écoles Allemande, Française, Flamande, Hollandaise et Italienne

GRAVURES EN NOIR ET EN COULEURS

PORCELAINES & FAIENCES

Paris, Chine, Rouen, Moustiers, Nevers, Italie

COFFRETS, ÉMAUX, ARMES, SCULPTURES, OBJETS DE VITRINE, OBJETS VARIÉS

BRONZES, PENDULES ANCIENNES

BOIS SCULPTÉS — PANNEAUX ET CADRES — IMPORTANT RÉTABLE

MEUBLES ET SIÈGES

Commodes et Secrétaires estampillés de Bircklé, Hédouin, Gallignc et autres

ÉCRAN ET FAUTEUILS COUVERTS EN ANCIENNE TAPISSERIE

ÉTOFFES, TAPIS

TAPISSERIES TISSÉES & AU POINT

DÉPENDANT DE LA SUCCESSION DE MONSIEUR CHRÉTIEN

ANCIEN MAGISTRAT, CONSEILLER GÉNÉRAL DE SEINE-ET-OISE

Et provenant partie de son domicile à Versailles, partie de sa propriété d'Hénouville (Seine-Inférieure)

DONT LA VENTE AUX ENCHÈRES PUBLIQUES

Par suite d'acceptation bénéficiaire et en vertu d'ordonnance enregistrée

AURA LIEU

HOTEL DROUOT, SALLE N° 1

LES LUNDI 25, MARDI 26 ET MERCREDI 27 MAI 1914

A 2 heures

COMMISSAIRE-PRISEUR
Me Paul BIZOUARD
18, rue Duphot

EXPERT
M. Georges GUILLAUME
13, rue d'Aumale

EXPOSITION PUBLIQUE

Le Dimanche 24 Mai 1914, de 2 heures à 6 heures

CONDITIONS DE LA VENTE

Elle sera faite au comptant.

Les adjudicataires paieront *dix pour cent* en sus des enchères.

Paris. — Imp. de l'Art, CH. BERGER, 41, rue de la Victoire.

DÉSIGNATION

GRAVURES

ALEXANDER

1 — *Le Triomphe de la Beauté.*

Gravure rehaussée d'aquarelle, d'après CIPRIANI.

DEQUEVAUVILLER

2 — *Marines.*

Deux gravures en noir écussonnées

DIETRICH (D'après)

3 — *Portrait du Peintre.*

Gravure en noir, par SCHMÜTZER.

FRAGONARD (D'après)

4 — *Le Chiffre d'amour.*

Gravure en noir, par DE LAUNAY.

JANINET (D'après)

5 — *Buste d'Henri IV.*

Gravure ovale en couleurs dans un cadre en bois sculpté.

JAZET

6 — *Le Retour de l'Église.*

Gravure en couleurs, d'après Le Comte.

LAVREINCE

7 — *Le Billet doux.*

— *Qu'en dit l'Abbé?*

Deux belles gravures en noir se faisant pendants, par de Launay.

MIGNARD (D'après)

8 — *Portrait de Guillaume de Brisacier.*

Gravure en noir, par Masson.

NORTHCOTE (D'après James)

9 — *Mort du Prince Léopold de Brunswick.*

— *Scène de naufrage.*

Deux gravures en noir, par Wilkinson et Gaugain.

PILLEMENT (D'après)

10 — *La Chaumière hollandaise.*

Gravure en noir, par Canot.

RAMBERG

11 — *Scène de danses.*

— *Jeux et Réjouissances champêtres.*

Deux gravures en couleur se faisant pendants.

RIGAUD (D'après)

12 — *La Duchesse de Nemours.*

Gravure en noir, par Drevet.

RUBENS (D'après)

13 — *Le Jardin d'amour.*

Gravure en noir, par Lempereur.

TOCQUÉ (D'après)

14 — *Jean-Baptiste Massé. — Abel-François Poisson, marquis de Marigny.*

Deux gravures en noir, par Wille

TROY (D'après De)

15 — *Jean de Jullienne.*

Gravure en noir, par Baléchou.

VAN LOO (D'après Carle)

16 — *Lecture Espagnole. — Conversation Espagnole.*

Deux gravures en noir, par Beauvarlet.

VERNET (D'après Carle)

17 — *La Bataille d'Iéna. — La Bataille d'Eylau.*

Deux gravures en noir, par Wolff, dans des cadres dorés à palmes.

VERNET (D'après Joseph)

18 — *Tempête au clair de lune.*

Gravure en noir, par Flipart.

19-20 — Lot de gravures en noir et en couleurs (Sera divisé).

TABLEAUX, AQUARELLES
DESSINS

BÉROT (E.)

21 — *Pêcheur.*

Petite aquarelle.

BOURGUIGNON (École de)

22 — *Attaque d'un pont.*

Toile.

BOURNIZIEN

23 — *Ruines animées de figures.*

Deux aquarelles.

DIETRICH (École de)

24 — *Têtes de Vieillards.*

Deux panneaux se faisant pendants, dans des cadres dorés.

DIETRICH (École de)

25 — *Les Musiciens.*

Panneau, dans un cadre doré à torsades.

GAVARNI (École de)

26 — *Figure humoristique.*

Aquarelle.

GREUZE (Genre de)

27 — *Portrait de Jeune Garçon à cheveux bouclés.*

Toile, dans un cadre en bois sculpté, d'époque Régence.

GREUZE (École de)

28 — *Jeune Fille coiffée d'un bonnet blanc.*

Toile.

GUARDI (École de)

29 — *Vue de Venise.*

Toile, dans un cadre doré rehaussé de peinture.

ISABEY (Eugène)

30 — *Barque de pêche par gros temps.*

Esquisse. Signée à gauche en bas.

LAFOSSE

31 — *Mendiant.*

Toile, dans un cadre en bois sculpté doré à feuillages.

LANCRET (Genre de)

32 — *Jeune Fille dansant.*

Toile en grisaille, dans un cadre en bois sculpté.

MARONY (F.)

33 — *Les Petits Mendiants.*

Petite aquarelle.

MIGNARD (Attribué à)

34 — *Portrait présumé de la duchesse du Maine.*

Toile, dans un cadre en bois sculpté à feuillage.

MIGNARD (Genre de)

35 — *Portrait de Femme en Diane.*

Toile ovale sur carton, dans un cadre en bois sculpté.

MONNOYER (École de)

36 — *Fleurs, fruits, bassine de cuivre et vase.*

Toile dans un cadre en bois sculpté et doré.

OUDRY (École de)

37 — *Chien flairant un lièvre pendu.*

Grande toile.

ROBERT (École de HUBERT)

38 — *Ruines animées de figures.*

Deux toiles se faisant pendants, dans des cadres en bois sculpté et doré.

SAUVAGE (Genre de)

39 — *Jeux d'Amours.*

Petit cuivre en grisaille, dans un cadre sculpté et doré.

SNYDERS (École de)

40 — *Chat assis parmi des victuailles suspendues.*

Grande toile.

VICTOR (JAN)

41 — *Les Marchands de fruits.*

Toile.

WATTEAU (Genre de)

42 — *Scène de danses dans un parc.*

Panneau en camaïeu bleu, dans un cadre noir à moulures.

ÉCOLE FRANÇAISE (XVIIe siècle)

43 — *Portrait d'Homme à perruque. — Portrait d'Homme à collerette.*

Deux toiles ovales se faisant pendants, dans des cadres en bois sculpté et doré.

ÉCOLE FRANÇAISE (XVIIe siècle)

44 — *Portrait de Femme, la tête empanachée de plumes.*

Toile, dans un cadre en bois sculpté et peint.

ÉCOLE FRANÇAISE (Fin du XVIIe siècle)

45 — *Portrait d'Homme.*

La tête expressive et énergique, vue de trois quarts à droite, la main levée dans un geste d'indication, il passe vers la droite, drapé dans un ample manteau rouge.

Grande toile, dans un cadre ancien mouluré peint noir et doré.

ÉCOLE FRANÇAISE (Fin du XVIIIe siècle)

46 — *Portrait d'Homme.*

Toile-médaillon.

ÉCOLE FRANÇAISE

47 — *Scène de Camp.*

Toile, dans un cadre en bois sculpté et doré.

ÉCOLE DE 1830

48 — *Paysage.*

Fixé.

ÉCOLE DE 1830

49 — *Gaieté villageoise.*

Toile.

ÉCOLE ALLEMANDE

50 — *La Réprimande.*

Toile.

ÉCOLE ALLEMANDE

51 — *Jésus chassant les vendeurs du Temple.*

Petit panneau.

ÉCOLE ALLEMANDE

52 — *Saint Ambroise.*

Panneau.

ÉCOLE HOLLANDAISE

53 — *La Madeleine en prières.*

Panneau, dans un cadre en bois sculpté et doré.

ÉCOLE HOLLANDAISE

54 — *La Vierge dans un encadrement de fleurs.*

Petit cuivre dans un cadre en bois sculpté.

ÉCOLE HOLLANDAISE

55 — *Le Maître d'école.*

Toile.

ÉCOLE HOLLANDAISE

56 — *Paysage accidenté.*

Panneau.

ÉCOLE FLAMANDE

57 — *Scène de danses villageoises.*

Toile sur carton, dans un cadre en bois sculpté et doré.

ÉCOLE FLAMANDE

58 — *Homme d'armes.*

Il est représenté en pied, grandeur nature, guêtré et éperonné, tenant d'une main un grand chapeau mou et appuyé de l'autre sur une hallebarde.

Grande toile.

ÉCOLE FLAMANDE

59 — *Le Retour du marché.*

Petit panneau, dans un cadre en bois sculpté et doré.

ÉCOLE ITALIENNE

60 — *Figure de Saint personnage entouré de fleurs.*

Panneau.

ÉCOLE ITALIENNE

61 — *Le Christ en croix. — Saintes Femmes. — Figure d'ange.*

Trois panneaux formant triptyque.

ÉCOLE ITALIENNE

62 — *Sainte Famille.*

Petit cuivre, dans un cadre en bois sculpté Régence.

ÉCOLE ITALIENNE

63 — *La Madeleine en prière.*

Cuivre, dans un cadre en bois sculpté.

ÉCOLE ITALIENNE

64 — *L'Annonciation.*

Petit panneau.

ÉCOLE ITALIENNE

65 — *Le Bain des anges.*

Panneau.

ÉCOLE ITALIENNE

66 — *L'Adoration.*

Toile.

ÉCOLE ITALIENNE

67 — *L'Adoration des Mages.*

Panneau, dans un cadre en bois à fronton arrondi.

ÉCOLE ITALIENNE

68 — *Souveraine tenant une palme.*

Marbre peint, dans un cadre en bois sculpté.

ÉCOLE ITALIENNE

69 — *La Vierge au glaive.*

Petit panneau.

ÉCOLE ITALIENNE

70 — *La Madeleine en prière.*

Toile.

ÉCOLE ITALIENNE

71 — *Le Lavement des pieds.*

Dessin à la plume rehaussé de sépia et de blanc.

ÉCOLE VÉNITIENNE

72 — *Sainte Famille.*

Panneau.

ÉCOLE DE BOLOGNE

73 — *Le Christ au calice.*

Panneau, dans un cadre Louis XVI en bois sculpté et doré, à perles.

ÉCOLE RUSSE PRIMITIVE

74 — *La Vierge et l'Enfant.*

Panneau.

INCONNU

75 — *Chiens et gibiers.*

Toile-dessus de porte.

PORCELAINES, FAIENCES

76 — Service à café en porcelaine blanche, partiellement doré, comprenant : cafetière, sucrier, pot à lait, douze tasses et douze soucoupes (*Maison de l'Escalier de Cristal.*)

77 — Quinze assiettes en porcelaine décorée, présentant des paysages au fond. Époque 1830. Elles portent la marque : *Blaise Castle.*

78 — Deux statuettes en ancienne porcelaine blanche, allégorie aux Saisons : *l'Hiver et l'Été.*

79 — Tasse et sa soucoupe en ancienne porcelaine de Paris, à couronnes et fleurs.

80 — Grande coupe à pied en porcelaine blanche de Paris, à dorures. (Marque de *Viel.*) Époque Restauration.

81 — Grande cafetière, autre plus petite, pot à lait et sucrier. Même porcelaine.

82 — Petit bouillon couvert et son plateau en porcelaine de Paris, à semis de fleurettes. (Marque de *Feuillet.*)

83 — Paire de jardinières carrées en porcelaine décorée de Paris. Genre *Jacob Petit.*

84 — Vase en ancienne porcelaine de Locré, à fleurs et volatiles réservés sur fond à draperies, et deux compotiers, même porcelaine, à décors de bleuets.

85 — Six tasses en ancienne porcelaine de Locré avec leurs soucoupes; décor à écusson réservé sur fond à dorure et guirlande.

86 — Petite tasse en ancienne porcelaine de Sèvres, à fleurettes.

87 — Deux assiettes en porcelaine de Saxe, décor à fleurs et bords ajourés.

88 — Douze autres gaufrées; décor à volatiles et bords dorés.

89 — Grand plat en porcelaine de Saxe-Marcolini, à fleurs.

90 — Petit bol en ancienne porcelaine de Vienne, avec sa soucoupe.

91 — Deux figures de femmes en porcelaine blanche de Chine.

92 — Paire de petites potiches-balustre en ancienne porcelaine de Chine, à pans coupés, avec couvercles et ornées de buissons fleuris. Époque Kien-lung.

93 — Bouteille en ancienne porcelaine de Chine, à lambrequins en bleu.

94 — Vase à anses en ancienne porcelaine de Chine, à rameaux fleuris. Époque Kien-lung.

95 — Bannette en ancienne porcelaine de Chine, à décor bleu fleuri.

96 — Paire de vases en porcelaine de Chine, à dorures sur fond bleu; socles en bois dur.

97 — Service en porcelaine de Chine, à personnages et inscriptions, comprenant : théière, sucrier, pot à lait, deux tasses et deux soucoupes; le tout sur un plateau.

98 — Deux plats ronds en porcelaine de Chine, à décor de perroquet perché.

99 — Autre plat à pans coupés, à buissons fleuris et volatiles.

100 — Théière en porcelaine de Chine, à fleurs et oiseaux, et petite cafetière en porcelaine de Canton, à personnages.

101 — Assiette en porcelaine de Chine, à décor d'oiseau perché.

102 — Paire de grands vases en porcelaine indochinoise, à décor bleu.

103 — Assiette en ancienne porcelaine de la Compagnie des Indes, décorée au centre d'un panier fleuri; marli à lambrequins bleus.

104 — Deux assiettes en ancienne porcelaine de la Compagnie des Indes, à fond fleuri et bords truités rouge.

105 — Deux autres à pans coupés, même porcelaine, à volatiles.

106 — Saladier en porcelaine de la Compagnie des Indes, à personnages.

107 — Deux flacons à thé, l'un en ancienne porcelaine polychrome du Japon, l'autre en ancienne porcelaine de Chine bleue.

108 — Paire de potiches couvertes en porcelaine du Japon; décor en camaïeu et dorures, à personnages réservés sur fond à fleurs et papillons; couvercles à chien de Fô.

109 — Deux assiettes en porcelaine du Japon, décorées d'écrans et rameaux fleuris.

110 — Pot couvert en porcelaine du Japon, à dorures, volatiles et chiens de Fô.

111 — Paire de vases-balustres en céramique de Satsuma; décor à fleurs.

112 — Vase en grès émaillé, posant sur piédouche.

113 — Théière en porcelaine décorée, à pans coupés.

114 — Plat rond en terre émaillée, genre *Palissy*, présentant un sujet au fond : Les Noces de Cana.

115 — Deux assiettes à pans en ancienne terre de Montereau, présentant des sujets de fables.

116 — Couvercle en ancienne faïence de Rouen, à décors polychromes de guirlandes; bouton à serpent.

117 — Bannette, même faïence, décor à la pagode.

118 — Fontaine en ancienne faïence de Rouen, à lambrequins.

119 — Autre en ancienne faïence de Samadet.

120 — Plat rond en ancienne faïence polychrome de Rouen, à fleurs; marli à quadrillages.

121 — Plat oblong en ancienne faïence polychrome de Rouen, à coqs perchés sur des buissons fleuris.

122 — Amphore avec couvercle en ancienne faïence de Rouen, à lambrequin et inscriptions; anses à serpents.

123 — Paire de bouteilles en ancienne faïence de Rouen, à décor bleu de lambrequins et feuillages.

124 — Paire de vases-cornets en ancienne faïence de Rouen, décor à lambrequins en bleu.

125 — Fontaine et son couvercle en ancienne faïence de Rouen, à décor bleu de coquilles et guirlandes.

126 — Fontaine et son couvercle en ancienne faïence de Rouen ; décors à lambrequins en bleu.

127 — Bannette en ancienne faïence polychrome de Rouen, à décor d'animaux, volatiles, balustrades et fleurs.

128 — Plat à pans en ancienne faïence de Rouen, à lambrequins.

129 — Plat à barbe. Même faïence.

130 — Deux assiettes dentelées. Même faïence polychrome.

131 — Deux assiettes en ancienne faïence de Rouen, décor à bouquet.

132 — Deux autres, décor à paniers fleuris.

133 — Assiette en ancienne faïence de Rouen ; décor polychrome à la corne.

134 — Assiette, même faïence, décor au Chinois.

135 — Couvercle rond en ancienne faïence polychrome de Rouen, décor à serpent en relief et lambrequins fleuris.

136 — Grande potiche en ancienne faïence de Nevers ; décor à personnages dans le goût chinois avec lambrequins à la base.

137 — Paire de potiches à pans en ancienne faïence de Nevers, à personnages dans le goût chinois.

138 — Pichet en ancienne faïence de Nevers, à personnages.

139 — Bouteille tronquée à double renflement en ancienne faïence de Nevers, à fond bleu.

140 — Paire de bouteilles plates en ancienne faïence de Nevers, à décors de lambrequins en bleu.

141 — Pot ovoïde en ancienne faïence de Nevers, à personnages.

142 — Grand plat rond en ancienne faïence de Nevers, à vases de fleurs et d'oiseaux.

143 — Porte-huilier en ancienne faïence de Nevers, à décor bleu.

144 — Pot en ancienne faïence de Nevers, à paysages.

145 — Potiche en faïence de Nevers, à décors jaunes sur fond bleu.

146 — Assiette plate en ancienne faïence de Nevers, à décor bleu.

147 — Bouteille à double renflement en ancienne faïence de Moustiers, à fleurettes.

148 — Petit pot en ancienne faïence de Moustiers, à rinceaux et chiens héraldiques.

149 — Plat ovale en ancienne faïence de Moustiers, à décor jaune.

150 — Plateau à pied en ancienne faïence de Moustiers, au Bérain.

151 — Légumier en ancienne faïence de Moustiers, à décor bleu.

152 — Légumier ovale en ancienne faïence de Moustiers, à décor bleu d'animaux et feuillages.

153 — Grands plats oblongs en ancienne faïence de Moustiers, décor au Bérain de bustes, figures et cariatides.

154 — Onze assiettes en faïence, genre Moustiers, présentant des personnages et des grotesques.

155 — Deux assiettes en faïence de Rubelles, décor à figures.

156 — Jardinière en ancienne faïence de Saint-Clément, à dorures.

157 — Deux porte-huiliers, même faïence, munis de leurs burettes en cristal.

158 — Petit vase-jardinière en ancienne faïence de Strasbourg, à bouquets de fleurs.

159 — Petite jardinière demi-lune. Même faïence.

160 — Vase-balustre. Même faïence.

161 — Petit moutardier à plateau adhérent en ancienne faïence de Strasbourg, à rocailles.

162 — Plat long en ancienne faïence de Niederwiller, à paysage en camaïeu rouge.

163 — Jardinière carrée en ancienne faïence de Lorraine, à rocailles.

164 — Important service en faïence de Longwy, à décor de fleurs en bleu, comprenant : une soupière, deux légumiers, trois compotiers, un saladier, deux coupes à plateau adhérent, deux saucières, quatre raviers, un fort lot de plats et d'assiettes.

165 — Grande urne en ancienne faïence du Midi, à feuillages polychromes.

166 — Pot de pharmacie en ancienne faïence du Midi.

167 — Paire de pots de pharmacie couverts en ancienne faïence italienne, à décor en bleu de lambrequins et inscriptions.

168 — Grand plat godronné, à figures, en ancienne faïence italienne.

169 — Encrier carré en ancienne faïence italienne, à cariatides.

170 — Assiette en ancienne faïence de Delft, décor à feuillage.

171 — Deux assiettes en faïence de Delft, à décors bleus de scènes tirées de l'histoire sainte.

172 — Assiette plate en ancienne faïence de Delft, à décor bleu.

173 — Sucrier à plateau adhérent, en faïence de Wedgwood.

174 — Bouteille en ancienne faïence persane, à décors bleus.

175 — Cache-pot en ancienne faïence à mascarons en relief; deux autres munis de pied.

176 — Paire de jardinières-éventails en faïence décorée.

177 — Seau à anses en ancienne faïence, à décor bleu.

178 — Deux porte-couteaux en ancienne faïence, à décor bleu.

179 — Plaque de revêtement en ancienne faïence, à décor bleu, dans un cadre : la Descente de Croix.

180 à 185 — Lot de faïences et porcelaines variées : pièces de forme, vases, groupes, etc. (Sera divisé.)

COFFRETS, ÉMAUX, ARMES

SCULPTURES

OBJETS DE VITRINE, OBJETS VARIÉS

186 — Petit coffret en bois sculpté, à panier fleuri, volatiles et rinceaux. Travail de *Bagard de Nancy.*

187 — Petit coffret Renaissance en fer forgé et gravé.

188 — Coffret Renaissance en ébène et placage d'ivoire, à colonnettes et fenestrages.

189 — Ancien coffret en marbre de couleur sculpté à volutes; charnières en cuivre.

190 — Ancien coffret en cuir gaufré, à dorures présentant des rosaces et rangs de lambrequins.

191 — Porte-montre en bois noir appliqué de cuivre ciselé et surmonté d'une figure d'enfant portant une torche. Il renferme une grosse montre Louis XIV en cuivre ciselé et partiellement émaillé.

192 — Figure de Christ en ivoire sculpté.

193 — Statuette de Mercure en biscuit.

194 — Ancien bas-relief en terre cuite : Sainte Famille, dans un cadre noir mouluré.

195 — Ancien masque de Vierge en bronze patiné.

196 — Tête d'homme en bronze patiné. XVIIe siècle.

197 — Ancien dévidoir en cuivre ajouré et gravé. (Base rapportée.)

198 — Petit socle carré en marbre vert, garni de cuivre et orné d'un aigle impérial en bronze argenté.

199 — Fragment de colonne en marbre blanc à cannelures. Époque Louis XVI.

200 — Groupe en marbre blanc, présentant la Vierge tenant dans ses bras l'Enfant Jésus. XVIe siècle.

201 — Verseuse en tôle décorée, à personnages chinois. Époque Louis XV.

202 — Pichet Louis XV en métal argenté.

203 — Deux petites salières ovales Louis XVI en argent, à rinceaux.

204 — Deux anciennes coupes à encens en cuivre argenté, de forme oblongue.

205 — Deux lampes à réservoirs en ancien étain.

206 — Pot à eau et bassin en ancien étain.

207 — Bas-relief en fonte de Berlin, à sujet de bataille.

208 — Paire de chenets en fonte, à figures et mascarons.

209 — Paire de grands landiers en fonte, à figures.

210 — Paire d'amphores en verre teinté de Venise.

211 — Saladier en ancien verre de Venise.

212 — Vase en ancien verre de Venise, et poudrier en cristal taillé.

213 — Plaque de mosaïque dans un cadre en bois sculpté : vase de fleurs.

214 — Figure de bergère à la gouache, entourée de broderies de soie de couleur, dans un cadre en bois sculpté et doré.

215 — Figure de Sainte en broderie de soie et de métal, dans un cadre en argent repoussé.

216 — Émail ovale de Limoges, à figures.

217 — Plaque en émail de Limoges, dans un cadre noir gaufré, représentant le buste de Saint Ignace.

218 — Émail carré de Limoges : Le Christ et les larrons.

219 — Cinq émaux de Limoges, présentant en grisaille des profils d'Empereurs romains et appliqués sur fond de velours bleu encadré de bois sculpté et doré à feuillages.

220 — Cadre-reliquaire en bois sculpté, présentant une figure de cire : Moine en prière.

221 — Petit cadre-reliquaire, renfermant une figure de Vierge en cire.

222 — Encrier en incrustation de burgau.

223 — Croix processionnelle, appliquée de cuivres repoussés, dorés et patinés, présentant le Christ parmi des bustes de saints personnages. Époque Renaissance.

224 — Épée en fer forgé, à pommeau olive.

225 — Poignard persan, à poignée en métal niellé à feuillage.

226 — Pistolet à pierre, muni d'une crosse garnie d'argent ciselé.

227 — Petit pulvérin en cuivre partiellement verni, à décor de cerfs.

228 — Grand volume relié, renfermant un fort lot de gravures en noir.

229 — Grand volume relié de cuir rouge, à dorures, et renfermant des gravures saintes.

230 — Petit pupitre en acajou, muni d'un cylindre à coulisse, d'un tiroir et de deux poignées en cuivre. XVIIIe siècle.

BRONZES

PENDULES ANCIENNES

231 — Belle pendule formée d'une plate-forme en marbre blanc avec quatre pilastres cannelés en marbre bleu-turquin. Elle est ornée de bronzes ciselés et la frise supérieure, garnie de vases, supporte un cadran surmonté d'une amphore enguirlandée. Époque Louis XVI.

232 — Pendule en marbre blanc et bronze doré; modèle à colonnettes supportant un cadran dominé d'un vase. Époque Louis XVI.

233 — Pendule en bronze ciselé et doré, à sujet d'empereur romain. Époque Restauration.

234 — Autre pendule composée d'une borne en marbre noir surmontée d'un homme assis en bronze patiné.

235 — Grande pendule en bronze ciselé et doré, modèle à vase fleuri, flanqué d'amours et orné de guirlandes. Style Louis XVI.

236 — Pendule-religieuse en marqueterie de cuivre sur écaille, ornée de bronze et surmontée d'un vase.

237 — Pendule-borne en marbre noir, surmontée d'un buste d'homme drapé à l'antique. Commencement du XIXe siècle.

238 — Pendule Louis XIV en marqueterie de cuivre sur écaille, ornée de bronzes à figures et bustes et surmontée d'une statuette de Renommée. Cadran signé de : *Le Bœuf, à Paris.*

239 — Pendulette en marbre blanc et bronze à deux colonnettes-gaines surmontées de flammes; le cadran lauré supporte un vase. Époque Louis XVI.

240 — Pendulette à mouvement apparent en bronze ciselé et doré, à double plate-formes réunies par des colonnettes et ornées de petits vases. Époque Directoire.

241 — Horloge plate en cuivre gravé. Travail allemand du XVIIe siècle.

242 — Garniture de cheminée, d'époque fin Empire, comprenant une pendule en citronnier, ornée de bronzes dorés et surmontée d'un buste d'Homère, et deux candélabres à quatre lumières et pieds-griffes.

243 — Petit flambeau en cuivre argenté, à base ronde cannelée.

244 — Paire de flambeaux Louis XV en bronze argenté, à feuillages et moulures.

245 — Autre paire posant sur base à pans coupés, ornés de gravures. Époque Louis XIV.

246 — Paire de flambeaux Louis XIII en cuivre gravé, à feuillages et quadrillages.

247 — Autre paire en cuivre uni, à bases carrées.

248 — Paire de flambeaux Louis XIV en bronze argenté, à tige moulurée et pans coupés.

249 — Paire de flambeaux Louis XVI en cuivre, à cannelures.

250 — Deux petits bougeoirs variés en cuivre.

251 — Paire de flambeaux Louis XIV en bronze argenté; pieds à pans coupés.

252 — Paire de flambeaux Louis XIV en bronze argenté, à coquilles et moulures.

253 — Autre paire d'un modèle plus petit.

254 — Flambeau Renaissance en cuivre ciselé, à têtes d'anges.

255 — Paire de flambeaux Louis XV en bronze argenté, à moulures.

256 — Autre paire, du même genre, à feuillage.

257 — Paire de flambeaux en bronze argenté; pieds à cannelure rayonnante et perles. XVIIIe siècle.

258 — Paire de flambeaux Louis XIV; tige à pans coupés et large base mouvementée.

259 — Paire de flambeaux Régence en cuivre, à cannelures obliques.

260 — Paire de flambeaux en cuivre gravé.

261 — Paire de flambeaux en bronze ciselé et doré, à feuillage. XVIIIe siècle.

262 à 265 — Lot d'anciens flambeaux variés en étain, cuivre et bronze argenté. (Sera divisé.)

266 — Ancien petit bougeoir en cuivre.

267 — Paire de lampes à pied en bronze patiné et doré, à feuillages et fleurs. Époque Restauration.

268 — Paire de cassolettes Louis XVI en bronze ciselé, à guirlandes et têtes de béliers.

269 — Deux vases en bronze patiné de Chine, à décor de dragon.

270 — Grande buire et pichet de la Perse, en cuivre repoussé et gravé.

271 — Grand lustre en cuivre, à pyramide centrale et boule, et orné en outre de nombreuses plaquettes et rosaces en cristal. Époque Louis XIV.

272 — Grand lustre hollandais en cuivre à douze lumières, décoré d'inscriptions.

273 — Lustre en cuivre, orné de cristaux, plaquettes, rosaces, pendeloques, pyramides et boules. Époque Louis XIV.

274 — Suspension d'église en cuivre ciselé et repoussé, à cariatides.

275 — Lanterne orientale, de forme cylindrique, en cuivre repoussé et ajouré.

276 — Paire d'anciens chenets en bronze ciselé; modèle à lions couchés et draperies.

277 — Paire de chenets en bronze ciselé et doré, à sujets d'amour sur des rocailles.

278 — Galerie de foyer Empire en bronze ciselé et doré, à figures et volutes.

279 — Figurine de jeune paysan flamand en bronze patiné.

280 — Figure de divinité chinoise en bronze patiné.

281 — Ancienne figure articulée de guerrier en bronze. Époque Louis XIV.

282 à 285 — Lot de bronzes ciselés : ornements, appliques pour meubles, sabots, statuettes, cariatides, etc., etc. (Sera divisé.)

BOIS SCULPTÉS

GROUPES, STATUETTES

BAS-RELIEFS, CADRES, GLACES

IMPORTANT RETABLE

286 — Important rétable en chêne sculpté, présentant un haut relief : La Mise au tombeau. La partie centrale est du XVIIe siècle. (Parties refaites dans le fronton et l'encadrement.)

287 — Haut relief en bois naturel sculpté, présentant la Vierge dominée par une figure d'ange et entourée de fleurs. XVIIe siècle.

288 — Haut relief en bois sculpté, présentant une figure d'ange auprès de la Vierge en prières.

289 — Deux hauts reliefs en chêne sculpté, à sujet de personnages mandchous.

290 — Deux bas-reliefs en bois sculpté, l'un présentant des femmes ailées dans des arabesques, l'autre la figure du Temps avec la faulx.

291 — Bas-relief-médaillon en bois sculpté peint et doré, présentant le profil de la Vierge; fronton à coquille.

3

292 — Groupe en bois sculpté et peint : la Vierge et l'Enfant. XVIIe siècle.

293 — Groupe en bois sculpté polychrome : La Vierge et l'Enfant.

294 — Groupe en buis sculpté : Saint Joseph et l'Enfant Jésus.

295 — Figure de Christ en buis sculpté.

296 — Statue, grandeur nature, en bois sculpté, partiellement doré et peint : La Vierge. XVIIe siécle.

297 — Statuette de Saint Antoine de Padoue en bois sculpté polychrome. XVIIIe siècle.

298 — Groupe en bois sculpté : La Vierge et l'Enfant. XVIIIe siècle.

299 — Statuette de Vierge en bois sculpté.

300 — Deux figures de femmes étendues en bois sculpté avec traces de peinture.

301 — Figurine d'éphèbe drapé en bois sculpté.

302 — Figurine de divinité chinoise assise en bronze doré et verni.

303 — Figurine de divinité chinoise en bois dur partiellement doré.

304 — Support d'applique en bois sculpté, à sujet équestre.

305 — Autre support d'applique, à cariatides d'anges et mascaron.

306 — Autre support d'applique en marqueterie de cuivre orné de bronzes.

307 — Deux motifs d'appliques en bois sculpté, présentant des têtes d'anges à draperies.

308 — Deux motifs de décoration circulaires en bois sculpté, présentant la tête de Bacchus.

309 — Deux panneaux gothiques en bois sculpté, à fenestrages.

310 — Deux autres panneaux Renaissance en bois sculpté, présentant des bustes.

311 — Petite frise en bois sculpté, à sujet d'Amphitrite flanquée d'animaux fantastiques.

312 à 316 — Lot de pièces en bois sculpté gothique, Renaissance ou du XVIIIe siècle : panneaux, frises, pilastres, bas-reliefs et documents divers. (Sera divisé.)

317 — Grand cadre rectangulaire en bois sculpté à feuillage, surmonté de rameaux. Époque Régence.

318 — Cadre en bois sculpté et doré, à rinceaux et rocailles. Époque Régence.

319 — Deux cadres rectangulaires en bois sculpté et doré, à feuillage et fleurs aux angles.

320 — Quatre cadres, de dimensions variées, en bois sculpté et doré, à fleurs et feuillage; autre petit cadre doré à moulures.

321 — Petit cadre en chêne sculpté, à feuillage et torsade.

322 — Petit cadre ovale en bois sculpté et doré, à feuillage.

323 — Petit cadre rectangulaire en bois sculpté et doré, à feuillage.

324 — Trois petits cadres variés en bois sculpté.

325 — Petit miroir encadré de bois sculpté, à feuillage et enroulement de ruban. XVIIIe siècle.

326 — Petit miroir, décoré d'une figure de Vénus, dans un cadre en bois sculpté et doré.

327 — Glace à cadre mouvementé en bois sculpté et doré, présentant une figure et munie de deux bras de lumières en bronze. Ancien travail italien.

328 — Glace à double cadre en bois sculpté et doré, à torsade, feuillages et rosaces. Commencement du XVIIIe siècle.

MEUBLES ET SIÈGES

GRILLE EN FER FORGÉ

329 — Commode en bois de rose, filetée d'amarante, garnie de bronzes et munie de trois rangées de tiroirs. Elle porte l'estampille de *Birklé* et est couverte d'un marbre cervelas. XVIIIe siècle.

330 — Commode en bois de placage, ornée de bronzes, munie de deux rangs de tiroirs et posant sur pieds cambrés. Elle porte l'estampille de *Hédouin*. Époque Louis XV.

331 — Petite commode cintrée en marqueterie de bois de rose, ornée de bronzes ciselés et posant sur pieds cambrés. Elle porte une estampille et le poinçon de maître ébéniste. Dessus en marbre gris veiné. Époque Louis XV.

332 — Grande commode ventrue en bois de placage, ornée de bronzes ciselés, à rocailles et mascarons. Dessus en marbre cervelas. Époque Louis XIV.

333 — Commode en bois de rose et de violette, ornée de bronzes ciselés, munie de trois rangs de tiroirs et couverte d'un marbre brèche. Époque Louis XV.

334 — Petite commode demi-lune à deux tiroirs en acajou et cuivre, couverte d'un marbre blanc. Époque Louis XVI.

335 — Commode à trois rangs de tiroirs en marqueterie de bois de couleurs et ornée de bronze. Travail hollandais.

336 — Secrétaire en acajou fileté de cuivre, flanqué de colonnes engagées à cannelures et couvert d'un marbre blanc à galerie. Époque Louis XVI.

337 — Secrétaire en bois de rose et bois de violette, muni d'un tiroir, d'un abattant et de deux portes. Il est orné d'une serrure en bronze et porte l'estampille de *Galligne*. Dessus en marbre Sainte-Anne. Époque Louis XV.

338 — Semainier en acajou, orné de serrures en bronze. Époque Louis XVI.

339 — Semainier en acajou, garni d'entrées de serrures, boutons et chutes en cuivre ciselé. XVIIIe siècle.

340 — Petit chiffonnier, de forme étroite, à cinq tiroirs ornés de poignées en cuivre. Dessus en marbre blanc. XVIIIe siècle.

341 — Vitrine en bois de rose, ouvrant à deux portes et couverte d'un marbre rouge. En partie d'époque Louis XV.

342 — Meuble-scriban en bois de placage, posant sur huit pieds à entrejambes ornés de chapiteaux en bois sculpté et doré. Il est muni de tiroirs et d'un casier central.

343 — Grande table-bureau en acajou fileté de bois clair, posant sur pieds cannelés et munie de tiroirs, ainsi que de tirettes. Époque Louis XVI.

344 — Table-bureau en acajou fileté de cuivre, munie d'un tiroir et couverte d'un cuir. Époque Louis XVI.

345 — Bureau aplati à dos d'âne en marqueterie, à fleurs et oiseaux, muni de deux portes en bas. Ancien travail hollandais.

346 — Bureau en marqueterie de cuivre et d'étain orné de bronzes, genre Boulle, muni de trois petites armoires et de trois tiroirs.

347 — Grand bureau plat en acajou,posant sur pieds-gaines et muni d'un tiroir. Époque Directoire. (Bronzes rapportés.)

348 — Bureau à dos d'âne en bois de violette, orné de bronzes et posant sur pieds cambrés. Époque Louis XV.

349 — Console à coins arrondis en acajou, ornée de bronzes, munie d'une tablette d'entrejambes avec marbre blanc, et ceinturée de trois tiroirs. Dessus de marbre blanc. Époque Louis XVI. (Certains bronzes sont rapportés.)

350 — Console en acajou, posant sur pieds-griffes. Dessus en marbre. Époque Restauration.

351 — Console Louis XV en bois sculpté et peint blanc, à rocailles et fleurs. Dessus en marbre cervelas.

352 — Petite console plate en bois doré, à feuillage, couverte d'un marbre. Ancien travail italien.

353 — Petite coiffeuse en marqueterie de bois clair à fleurs, munie d'un abattant, de divers tiroirs et d'une tirette; elle est ornée de serrures et sabots en bronze ciselé. Époque Louis XV.

354 — Coiffeuse d'homme en acajou ciré, munie d'un abattant foncé de glace et de trois tiroirs. XVIIIe siècle.

355 — Table-tricoteuse en bois noirci. Époque Louis XV.

356 — Table de nuit, forme chiffonnier, en marqueterie de bois de placage avec tablette d'entre-jambes. Dessus en marbre de couleur. En partie du XVIIIe siècle.

357 — Table de nuit en bois de rose, munie d'une porte et posant sur pieds cambrés. Dessus en marbre cervelas. Époque Louis XV.

358 — Table de nuit ovale, forme chiffonnier, en marqueterie de bois de placage à cubes et munie d'une tablette d'entrejambes. Dessus en marbre gris à galerie de cuivre. En partie du XVIIIe siècle.

359 — Table rectangulaire en marqueterie de bois de rose et de bois fruitier ; elle est munie d'un tiroir latéral.

360 — Table rectangulaire en marqueterie de bois de couleur, munie de bronzes et posant sur pieds cambrés. Travail hollandais.

361 — Grande table rectangulaire en chêne sculpté, à coquilles et entrelacs, posant sur pieds à cannelures et chapiteaux réunis par des traverses. En partie de l'époque Henri II.

362 — Table de bouillotte en acajou, à pieds cannelés, munie de deux tirettes et de deux tiroirs. Dessus en marbre vert de mer à galerie de cuivre. Époque Louis XVI.

363 — Table en noyer, à deux tiroirs munis de poignées et serrures en bronze et posant sur pieds cannelés. Époque Louis XVI.

364 — Guéridon rond en acajou, à plateau reversible posant sur trépied par colonne à cannelures. XVIIIe siècle.

365 — Table-Tronchin en acajou, munie d'un tiroir et de tirettes. Époque Louis XVI.

366 — Petite table-chiffonnier à deux tiroirs en bois de rose, couverte d'un marbre à galerie et posant sur pieds cambrés. En partie d'époque Louis XV.

367 — Grande armoire à deux portes en chêne sculpté, à guirlandes de fleurs, feuillages et encadrement de godrons et feuilles d'eau. Fronton débordant, à panier fleuri supporté par des amours.

368 — Armoire à hauteur d'appui en bois sculpté, à mascarons et fleurs.

369 — Autre plus grande, présentant des scènes en bas-relief tirées de l'histoire sainte et séparées par des pilastres à mascarons.

370 — Armoire normande en chêne sculpté, munie de deux portes à coquilles et fleurs. Fronton à moulures et petites rosaces dans les quadrillages.

371 — Petite armoire-gaine en chêne sculpté, à coquilles, lambrequins et entrelacs, flanquée de montants plats cannelés à chapiteaux.

372 — Grande armoire en chêne sculpté, à mascarons et feuillages, présentant des figures en bas-relief sur les panneaux des portes et, au fronton, un aigle entouré d'amours et terrassant un serpent.

373 — Petite armoire à hauteur d'appui, forme demi-lune, en acajou, munie d'un tiroir et d'une porte. XVIIIe siécle.

374 — Grande armoire à deux portes en chêne sculpté à rocailles. Fronton débordant à moulures. Époque Louis XV.

375 — Meuble-crédence en bois sculpté, muni de deux portes à rosaces ainsi que d'un tiroir de ceinture et posant sur colonnes cannelées à chapiteaux.

376 — Meuble-crédence, formant coffre dans le haut, en chêne sculpté, à colonnettes et mascarons; il ferme par une serrure en fer forgé. En partie d'époque Renaissance.

377 — Bibliothèque en bois noir fileté de cuivre et muni de deux portes. Epoque Louis XIV.

378 — Grand coffre en bois sculpté, présentant des panneaux à figures, séparés par des pilastres; il est muni d'une grosse serrure ouvragée en fer. En partie d'époque gothique.

379 — Grande cheminée en bois sculpté, à mascarons, coquilles et chutes. En partie d'époque Régence.

380 — Grand lit de repos en bois naturel sculpté, à moulures, feuillages et rosaces. Il est flanqué de colonnettes détachées à cannelures. Époque Louis XVI. (Dessus moderne en velours frappé rouge.)

381 — Lit en bois naturel sculpté, flanqué de montants plats à cannelures, rosaces et vases. Époque Louis XVI.

382 — Autre lit à colonnes détachées et boules, orné de grandes rosaces. Époque Directoire. (Il est foncé de toile imprimée, à personnages.)

383 — Deux grilles provenant d'une porte de chœur ; elles sont en fer forgé et peint à feuillage et surmontées de petits panaches en cuivre. Époque Louis XIV.

384 — Écran en bois naturel sculpté, à feuillage et rocailles ; feuille en ancienne tapisserie au petit point, présentant une figure de musicien sur fond noir fleuri.

385 — Bergère et trois fauteuils en bois naturel sculpté et partiellement doré, d'époque Louis XVI, couverts de velours frappé grenat.

386 — Écran assorti.

387 — Bergère en bois mouluré, d'époque Louis XV, portant l'estampille de *Langon* et le poinçon de maître ébéniste et couverte en velours frappé vert.

388 — Bergére en bois mouluré, couverte de tapisserie au point à personnages et feuilles sur fond noir. Époqne Louis XV.

389 — Grand fauteuil Louis XIII en chêne sculpté, à feuillage et pieds-griffes, couvert d'ancienne tapisserie au point à grands ramages sur fond noir.

390 — Deux fauteuils en bois naturel sculpté, à nœuds de rubans, d'époque Louis XV, couverts de velours frappé vert.

391 — Grand fauteuil, à haut dossier, en bois finement sculpté; bras à feuillage et volutes et pieds à traverse d'entrejambes, ornée de fleurs. En partie d'époque Louis XIV.

392 — Deux fauteuils et deux chaises Louis XVI en bois peint blanc, posant sur pieds cannelés et couverts de toile imprimée à personnages.

393 — Fauteuil en bois naturel sculpté; dossier à coquilles, bras et pieds à lambrequins avec croisillons d'entrejambes. Époque Régence. (Il est couvert de cuir vert.)

394 — Autre fauteuil, de même époque, foncé de canne.

395 — Fauteuil percé en bois sculpté et partiellement peint blanc; dossier foncé de canne. Époque Régence.

396 — Grand fauteuil en bois sculpté et doré, à rocailles et moulures. Époque Louis XV. (Il est couvert de velours jaune à rayures.)

397 — Trois fauteuils en bois sculpté et peint blanc à nœuds de rubans et moulures, couverts de velours frappé rouge. Époque Louis XV.

398 — Autre de même modèle, mais non repeint.

399 — Deux fauteuils en bois sculpté et verni, à fleurs et moulures, couvert de velours frappé rouge. Époque Louis XV.

400 — Fauteuil en bois naturel, à dossier-médaillon orné de roses; bras à feuillage et perles. Époque Louis XVI.

401 — Fauteuil en bois naturel sculpté, à dossier-médaillon, orné de rubans. XVIIIe siècle. (Il est couvert de toile imprimée.)

402 — Fauteuil en acajou à bras-volutes, couvert de drap vert clair. Époque Restauration.

403 — Fauteuil en bois peint blanc, à dossier-médaillon orné d'un ruban. Époque Louis XVI. (Il est couvert de voile de Gênes soutaché et brodé.)

404 — Bois de fauteuil Louis XV, à dossier mouvementé et mouluré.

405 — Quatre chaises en bois mouluré, posant sur pieds à boules munis de traverses. En partie d'époque Henri II. Elles sont recouvertes d'ancienne tapisserie Renaissance à personnages et fleurs.

406 — Chaise en bois naturel sculpté à fleurs, et foncé de canne. Époque Régence.

407 — Chaise en bois naturel sculpté, à fleurs et rocailles, foncée de canne. Époque Régence.

408 — Autre chaise à dossier cintré, à fleurs et moulures. Même époque.

409 — Six chaises en bois naturel sculpté, à rocailles et fleurs, foncées de canne. Époque Régence.

410 — Deux chaises en bois naturel sculpté ; dossiers à barreaux orné de lyres et feuillages. Époque Louis XVI. (Elles sont couvertes de velours frappé rouge.)

411 — Chaise en bois naturel mouluré, couverte d'ancienne tapisserie au point, à vase fleuri et grands ramages sur fond noir.

412 — Tabouret de pied ovale en bois naturel sculpté, à rosaces et cannelures, couvert de velours frappé rouge. Époque Louis XVI.

ÉTOFFES, TAPIS

TAPISSERIES TISSÉES ET AU POINT

413 — Voile de Gènes brodé et parure de velours rouge soutaché.

414 — Chasuble en ancien velours frappé et brocart.

415 — Panneau en cuir de Cordoue à fond doré, présentant des profils de souverains.

416-417 — Lot d'étoffes anciennes, ornements sacerdotaux et autres, en drap d'or, brocart, damas, etc.

418 — Siège et dossier en ancienne tapisserie au point à figures sur fond noir.

419 — Deux autres dessus de siège en ancienne tapisserie au point, à décor de fleurs et d'amours sur fond noir.

420-421 — Sept panneaux variés en ancienne tapisserie au point.

422 — Bandeau en ancienne tapisserie, à rinceaux et volutes sur fond marron.

423 — Bandeau en ancienne tapisserie, présentant un médaillon au centre et des rinceaux de feuillage ; autre petit bandeau à feuillage en camaïeu rouge.

424 — Deux petites cantonnières en ancienne tapisserie d'Aubusson, à décor fleuri sur fond noir.

425 — Petit panneau rectangulaire, composé de morceaux en ancienne tapisserie d'Aubusson à fleurs.

426 — Panneau d'ancienne tapisserie à grands personnages. XVIIe siècle.

427 — Tapis d'Aubusson, à décor fleuri sur fond crème, et contrefond rouge.

428 — Tapis persan, à dessins réguliers sur fond polychrome, avec bandes d'encadrement crème, jaune et bleu.

429 — Fragment de tapis oriental à fond vieux rose.

430 — Objets omis.

RED. :

20

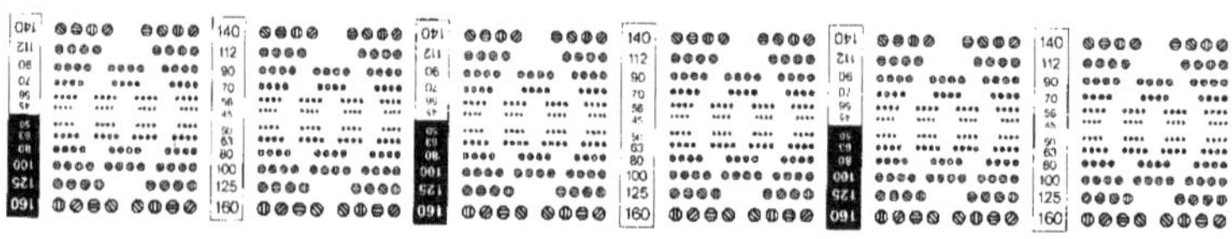

379.89.70
graphicom

www.ingramcontent.com/pod-product-compliance
Ingram Content Group UK Ltd.
Pitfield, Milton Keynes, MK11 3LW, UK
UKHW021114290826
14628UKWH00014B/2192

9 782329 348056